2020年主题出版重点出版物

逆行者

抗击新冠肺炎疫情诗选

长江诗歌出版中心　编

长江出版传媒 | 长江文艺出版社

图书在版编目（CIP）数据

“逆行者”：抗击新冠肺炎疫情诗选 / 长江诗歌出版中心编. -- 武汉：长江文艺出版社，2020.11

ISBN 978-7-5702-0562-2

Ⅰ. ①逆… Ⅱ. ①长… Ⅲ. ①诗集－中国－当代 Ⅳ. ①I227

中国版本图书馆 CIP 数据核字(2020)第 028299 号

责任编辑：谈　骁　胡　璇　王成晨　　责任校对：毛　娟

封面设计：祁泽娟　　责任印制：邱　莉　王光兴

出版：长江出版传媒｜长江文艺出版社

地址：武汉市雄楚大街 268 号　　邮编：430070

发行：长江文艺出版社

http://www.cjlap.com

印刷：湖北新华印务有限公司

开本：850 毫米×1168 毫米　1/32　印张：4　插页：4 页

版次：2020 年 11 月第 1 版　2020 年 11 月第 1 次印刷

行数：2592 行

定价：36.00 元

编选说明

岁末年初，新冠肺炎疫情席卷神州大地，人类生命安全和健康面临重大威胁。

“生命重于泰山。疫情就是命令，防控就是责任。”在以习近平同志为核心的党中央坚强领导下，举国上下，同心协力，打响抗击疫情的人民战争、总体战、阻击战。医护人员白衣执甲、逆行出征，数万名社区干部下沉一线、冲锋在前，爱心志愿者四处奔波、默默付出，亿万人民坚韧奉献、守望相助……为了凝聚力量、传递真情，我们编辑了这部《“逆行者”：抗击新冠肺炎疫情诗选》。

这部诗选分为“死神与我们的速度谁更快”“致敬之诗”“和春天一起站起来”三个部分，力图全景展现全国人民众志成城抗击疫情的壮举：疫情之初，党中央以果断的决策部署、坚定的决心信心、真挚的人民情怀，凝聚起抗击疫情的强大合力；遏制疫情蔓延阶段，医护人员、社区工作者、爱心志愿者以及亿万人民群众，用汗水和泪水、坚忍和奉献，汇集起中国力量，点亮希望之光；疫情防控后期，全国各地病例陆续清零，各地复工复产有序进行，阴霾消散，春光如约而来。

历史必将铭记2020年，历史必将铭记武汉这座英雄的城市，历史必将铭记抗击疫情中全国人民同舟共济、共克时艰、勇毅前行的壮举。

长江诗歌出版中心

2020年5月

目　录

第一辑　死神与我们的速度谁更快

第二辑　致敬之诗

第三辑　和春天一起站起来

第一辑

死神与我们的速度谁更快

死神与我们的速度谁更快

——献给抗击新冠肺炎疫情的所有人

吉狄马加

死神的速度比我们更快，
因为它出其不意，
它在枪响之前已经跑在了前面。
死神！这一次似乎更快，
它莫非是造物主
又一次最新的创造？
还是人类在今天
必须勇敢面对的更严峻的考验？
死神并非都戴着明显的面具，
这一次它同样隐没于空气。
死神的速度比我们更快，
在统计的数字出来之前
它罪恶的手仍然在使用
那该被一千次诅咒的加法！
因为死亡的数字还在增加，
而此刻，我们渴望的只是减法！
死神已经到过许多地方，
杀死了老人、青年，还伤害了我们柔弱的孩子，
肆虐我们的城市、街道以及花园，
它所到之处，敲击着黑色的铁。

死神的速度比我们更快，
因为它出其不意
它在枪响之前已经跑在了前面。
然而，这一次！就像有过的上一次！
我们与死神的比赛，无疑
已经进入了你死我活的阶段，
谁是最后的强者还在等待答案。
让我们把全部的爱编织成风，
送到每一个角落，以人类的名义。
让我们用成千上万个人的意志，
凝聚成一个强大的生命，在穹顶
散发出比古老的太阳更年轻的光。
让我们打开所有的窗户，将梦剪裁成星星
再一次升起在蓝色幕布一般的天空。

你说死神的速度比我们更快，不！
我不相信！因为我看见这场
与死亡的赛跑正在缩短着距离。
请相信我们将会创造一个新的纪录，
全世界都瞪大着眼睛，在看着我们！
我们的速度正在分秒之间被创造，
这是领袖的速度，就在第一时间，
那坚定、自信、有力的声音传遍了
祖国的大地、森林、天空和海洋，

创造这一速度的领跑者永远站在最前列。
这是人民的速度，无论是城市还是乡村，
每一个公民都投入了没有硝烟的战斗，
任何一个岗位都有临危不惧的人坚守。
这是体制的速度，一声声驰援的号令
让无数支英雄儿女的队伍集结在武汉。
这是集体的速度，个人主义的狭隘和自私
在这里没有生存的空间，因为严峻的现实
告诉我们，任何生命都需要相互依存。
这是奉献的速度，这种奉献绝不是一句豪言，
亲人们时刻都在焦急地等待着他们平安归来，
而每一天他们与死神的搏斗更是异常激烈，
当面部的颧骨呻吟无声，生与死比纸要薄，
那是阵地的抢夺战，每一次冲锋都不能后退，
他们与死神抢夺的是一个个鲜活的生命。
我不相信上帝的存在，但相信天使就在我们中间，
她昨天哭了，当她又拯救了一个生命，
虽然她穿着密不透风的防护服，我还是能看见
一双大大眼睛里滚下的感动的泪水。
是的，在电视机前，我们曾在防护罩前看见过
无数双这样的眼睛，虽然不知道他们的真实姓名
但可以肯定，我们一定会从这一双双眼睛里
看到一个民族所拥有的无限希望和未来。
这是生命的速度，从共和国的病毒专家
到一个普通的护士，从城市的管理者到黎明时

还在为每一座城市刷新面容的环卫工人，
他们对生命的尊重，都体现在每一个岗位上，
由于他们的付出，我们才有了足够的冷静和从容。
这是国家的速度，或者说这就是中国的速度，
火神山医院和雷神山医院的建设，
当然不是火神和雷神的恩赐，它的建设速度
毫无疑问也创造了一个令人为之动容的奇迹。
那些塔吊或许就不是钢铁的面具，而是人的脊柱
它将渴望的钉子牢牢地置入铅色的虚空。
这不是幻想，这是不容置疑的现实，
要知道它的施工，同样是在死亡的刀尖上舞蹈，
从电视上看见一双现场工人的手，虽然转瞬即逝
但对我而言却刻骨铭心，这双手似乎正在变大，
在天空和大地相连的榫头发出胫骨低沉的吹奏，
因此我断言，有了一双双这样勇敢勤劳的手，
我们的幸福、命运、安宁就不会握在别人的手上。
因为那双手，不是造物主的，更不是所谓诸神的，
他是一位中国劳动者粗糙、黝黑但充满了自信的手。

死神正在与我们进行殊死的赛跑，
它是病毒的另一个可怖的代名词。
让我们在未知的空间以勇气杀死它，
不是用鲁莽，而是用超过常规的理性和科学，
让我们隔离对流的空气、看不见的水雾，
但不影响我们心灵之间的温暖和慰藉。

与死神赛跑有前方，可后方有时也是前方，
与死神赛跑，没有观众，我们都是选手。
这不是孩子手中的魔方，在今天的中国
每一条街道都是战壕，每一个家庭都是堡垒。
哦！变异的病毒，看不见的死神！
你是人类的邻居，影子的影子，与生命相随
谁也无法告诉我们你已经存活了多少年。
当你从睡眠中复活，灾难的红矛就会刺向肋骨，
你以无形的匕首偷袭人类最虚弱的地带。
哦！没有面具的死神，这一次你又以隐形的方式
进入了我们没有设防的自由的家园，
我们的战争已经开始，我知道这是一场攻防战，
在实验室我们的精锐部队正在直抵你的心脏，
总有一刻会找到能够杀死你的那件武器。
对于大众，我们打响的防卫战的红色信号弹
也已经无数次照亮过中国的城市、乡镇和学校。
哦！这是阻击战，也是一场将被这个世纪
记载的十四亿人口参加的人民战争。
我们必须坚持，因为死神也开始筋疲力尽，
只有忍耐！只有挺住！我们才能耗死进攻的敌人！

有一种战争，与古老的
宗教无关，与国家冲突无关，与政治无关，
哦！世界！今天的中国正在全面打响的
是一场捍卫人类的战争，旋转的地球

就是一个家庭，当灾难来临，没有旁观者，
所有的理解、帮助，哪怕道义上的支持
都会给处于困境中的人们巨大的力量。
哦！世界！中国从来就是你的一部分，
她分担你的忧患，从未推卸过自己的责任，
这个东方古老民族以其坚忍、朴实和善良
始终在给人类的文明奉献出智慧和创造。
哦！中国！从不把责任和担当作为标签，
为了维护世界和平，你牺牲的维和战士
蓝色头盔上生长着永远不会消失的鸽子。
当埃博拉病毒的恐惧笼罩着非洲，乌木的
神像传递着比羚羊更快的死亡的消息，
在几内亚、利比里亚、塞拉利昂的国土上
就有过许多支中国医疗队战斗的身影，
是他们与当地的人民一起阻止了疫情的蔓延。
无论多么遥远，只要非洲鼓的声音在召唤
中国！就会向非洲兄弟伸出黄色皮肤的援手，
相信吧，在最危难的时刻，我们都会不离不弃。
这就是我们的国际主义，这就是我们的人道主义，
它没有颜色，如果有它就是阳光的颜色，就是
天空的颜色，就是大地的颜色，就是海洋的颜色，
就是血液的颜色，就是眼泪的颜色，就是灵魂的颜色。
哦！世界！请加入今天中国这场
抗击病毒的战役中来吧，中国的战役就是世界的战役！

数字还在增加，这不是冰冷的数据，
在每一个数字的背后都是一个生命。
也许恐慌的情绪还会在我们中间蔓延，
也许你还会在短暂的无奈中惊慌失措，
哦！朋友们，同志们，要相信整体的力量
但是我们任何时候都不能忘了个体的责任。
哦！死神！它爬上了飞机，它爬上了高铁，
它爬上了不同的交通工具，但是朋友们
你们发现没有啊！死神就常常跟随着我们。
哦！不能给死神可乘之机，戴好一次口罩
其实就是一次单兵出击，一个人的阻击战，
只有当千百万人都成为士兵，这才是
我们最终战胜死神的最最关键的法宝。
阻击它！给它最猛烈的击打！不能让它喘息
不给它反击我们的颅骨和臂部的机会。
死神在寻找着我们，它知道我们看不见它，
它在寻找万分之一防守者可能失控的地方，
哦！朋友们，同志们，假如有一次失控，
我们的损失和代价就真的难以估量，
就会有更多的生命徘徊在死亡的边缘，
还有的亲人也将会永远地离开我们。
直到今天死神的幽灵还在大地上游荡，
它用看不见的头撞击我们的每一扇门窗，
嘴里发出另一个世界才能听见的声音。
它绑架空气，胁迫物质，混迹于人群之中

在任何一个我们可能接触的部位，隐匿着
一把又一把地狱的钥匙，它是不折不扣的
来自冥界的邮递员，毁灭生命的寄生虫。
死亡其实伴随人类的历史已经千百万年
这本身是自然的法则，不可改变的逻辑。
但是，死神！这一次你对人类的侵袭充满了
从未有过的疯狂，你让冒汗的碎片中断了生命
让家庭不再完整，爱情缺失了恋人，本该回家的人
再不能回到家。哦！死神！无论今天你在哪里
我们都要集合起千千万万的生命向你发起反击。

死神与我们的速度谁更快。
虽然它在枪响前已经跑在了前面，
但你看见了吗？我已经清楚地看见
当自由的风吹动着勇士三色的披肩，当太阳的
箭矢穿过黑色的岩石，当光明的液体反射向宇宙
逃离了地球的引力，当人类的子宫再次孕育地球
植物的语言变成比三倍还要多的萤火
当所有动物的眼睛，都能结构多维度的哲学
在每一个人的胸腔中只生长出救赎的苦荞。
当自己成为大家，当众人关注最弱小的生命，
一个人的声音的背后是一个民族的声音，而从一个人
声音的内部却又能听见无数人的不同的声音。
是的，我已经真切地看见了，我们与死神的赛跑
已经到了最后的冲刺，相差的距离越来越近，

这是最艰难的时候，唯有坚持才能成为最后的英雄。
相信吧！我们会胜利！中国会胜利！人类会胜利！
因为这场生与死的竞赛相差的距离已经越来越近！

（选自《光明日报》2020 年 2 月 7 日）

“疫情快过去吧，快点!”

叶 辛

为武汉忧心，
为湖北担心，
为疫情中的人们焦心。
疫情快过去吧，快点!
春天来了。
中国列车要增速了。

（选自《人民日报》2020年2月26日）

惟敬担当

陈建功

夺情逆行，长泪辞岁
寄语何堪，振臂也愧
辞赋小道，壮夫何为
惟敬担当，泣血默对

（选自《人民日报》2020 年 2 月 26 日）

在小汤山致火神山、雷神山

刘立云

“白雪是铺开的记忆。”至少对于我
对于像我这样一个在十七年前
曾经踏进这片土地的人而言
是这样的。而天真烂漫的孩子们在雪地上奔跑
在树林里堆雪人，打雪仗
他们知道，雪很快会被他们踩在
雪地上的脚印、被他们热乎乎的小手
暖化；再过两个月
他们就将与满院子的海棠、丁香
连翘、探春，与满院子迎风绽放的
金娃娃和红宝石萱草，繁花与共

告诉你，此刻我站立的这个地方叫小汤山
就是名闻遐迩的北京昌平小汤山
现在我是它的居民，它是我
选定的安度晚年的小镇
清晨，我在它的名叫葫芦河和蔺沟河
的两条小河边轮番行走
晚上常站在它的水泥桥上，眺望满天星斗

我还要告诉你，小汤山现在
是北京的一座欣欣向荣的名镇
而小汤山之所以成为现在的
小汤山，小汤山之所以在十七年后突然被千里之外的
火神山和雷神山
一声声呼唤，亲切地引为兄弟
是因为小汤山伫立在这里，是多难兴邦的真理
伫立在这里；是一方有难八方支援的
民族凝聚力，伫立在这里
小汤山屹立不倒，遥远的火神山和雷神山
也必将在暴风雨中，在人们含泪的
期望中、呼唤中
傲然挺立。小汤山与火神山和雷神山遥相呼应
是黄河与长江遥相呼应
中国北方和南方所有的河流、所有的山脉
所有的子孙、所有的肩膀和手臂
热血和心脏
遥相呼应并患难与共，并生死相依

小汤山想对火神山和雷神山说什么呢？
说狂风吹不落天上的日月
说遥相呼应的这一座座看不见逶迤起伏的山
是从心灵里耸起的山，在血脉中

凝固的山——它们崔巍，峥嵘
坚不可摧，能承受惊涛骇浪、天崩地裂

（选自《华西都市报》2020 年 2 月 16 日）

黑夜不再是黑夜

姜念光

漫长的黑夜降临了
啊，那面貌不清的天使
进入了黑暗的最深处
没有翅膀，一身重负，但是发着光

那纵身前行的白色的身影
是多么令人惊叹
多少人想要正确地模仿
那搭救的姿态

应该是这样，就是这样——
与死亡的静静的搏斗中
没有翅膀，一身重负，但是要发着光
如此一来，尽管是黑夜也不再是黑夜

（选自《星星》2020年第7期）

守　望

陆先高

从未想过这个冬天竟如此漫长
漫天飞雪如练
阴沉的天幕
空空的街巷
有人关闭家门
有人锁上新窗
空气中弥漫着不安
无处躲藏
人说多难兴邦
但此时
平安健康成了唯一愿望
寒夜中
多少人逆风而行奔赴他乡
多少人彻夜不寐苦寻一剂良方
多少人
用血肉之躯筑起一道道围墙
隔绝了病魔
隔绝了死亡
托举起生的希望
那是危难之际
民族挺直的脊梁

肆虐的疫情
谣言与恐慌
在一片静默中滋长
愈加疯狂
但所幸更多的人选择恪守善良
选择以坚强面对迎来的风浪
他们是平凡世界中的微光
却让深沉的暗夜透出震慑人心的星芒
汇聚点滴的力量
以照彻长空之势驱散一切阴霾
将黎明的曙光点亮
危难困住了一座城
但困不住守望相助的信仰
若还有什么值得永远向往
那便是天地大爱
人间真情
与心中不灭的希望

（选自《光明网》2020 年 2 月 8 日）

一剪下去就是一朵桃花

金铃子

那双手绝对不会把春天剪坏
手术刀灵巧，一剪下去就是一个口罩
一个护目镜，一套防护服，防护罩

一剪下去就是一朵桃花
一个春天
一剪下去就品种齐全。椒兰、玫瑰、美人蕉

你们知道园子僻静，已无草木
你们不停地修剪，缝合

你们与新冠肺炎一起，熬更守夜
阅读失败之书，还要接受春天里的惊雷
轻轻折断你们剪出的诗句

我来拾起这些诗句
击鼓。你们万夫无敌
我来拾起这些诗句，鞠躬

因为你们我有了欢宴
每天换取干净的春衣

固执地活着，生生不已

（选自《长江文艺》2020年第3期）

武　汉

杨碧薇

夏天还没走，秋天快来了，
我拉着行李箱，导航去复兴路站。
无端的明媚正无端地照耀众生，
沿途小店把新的一天打理得热气腾腾，
晾在窗前的花衬衫，
将细长的巷子，剪裁出别样的幽静……
那是两年前的九月，在离开武汉的途中，
我对平凡生活的珍贵浑然不觉。
而此时，雨声延绵在云贵高原，
封城已十八天的武汉变得很远，
又比以往任何时候都近：
想到它风雨中的静默，我不止一次湿了眼睛；
那些留守湖北的友人，仿佛都成了亲人。
我惊觉自己对这座城市，
早就满怀深情。
为此，我必须艰难地说出两个字，
“相信”。
除此之外，一首诗已羞于呈示它有限的重量，
我能表达的只有轻。
多么轻，轻到我和我的行李，
都在读书院路迎着风飞起来，

我看见白云在替武汉的天空擦去泪水，
人们走上街头，握手拥抱，
一起站在久违的阳光里。

（选自《长江文艺》2020 年第 3 期）

隔　离

谢春枝

好吧，我允许
飞机与天空隔离
列车与铁轨隔离
汽车与道路隔离
轮船与江水隔离
楚河汉街上，繁华喧嚣，与商铺隔离

允许，落叶与树枝隔离
燕雀与鸟巢隔离
喜庆与节日隔离
城市圈的链条与链条，隔离
我们与我们，隔离

然而，我知道
天使与病毒，没有隔离
勇士与逆行，没有隔离
驰援与封闭，没有隔离
超市，医院，环卫……城市的运转没有隔离
信息与虚拟的网络，没有隔离

郁金香的蓝色与植物园没有隔离

珞珈山的樱花梦没有隔离
900 多万守城者的灯火
与漫漫长夜没有隔离
龟蛇相望，与黄鹤楼兴衰废替
没有隔离

大年初三，久雨，微霁
阳光与生活不会隔离
俞伯牙与钟子期的琴声，不会隔离
高楼与高楼的喊话，不会隔离
我与你，流沙一样的光阴，不会隔离
这千年的城郭，与安宁祥和，不会，隔离

（选自《诗刊》2020 年第 3 期）

大武汉颂

翟泰丰

一

公元 2020 年 1 月 23 日
腊月廿九
武汉宣告
交通管制
何为?
抗击病毒!
何为?
保卫大武汉!
自家莫出
外人勿入
瞬间
街衢寂然
转眼
车马不见
江城百姓
居家不出
老老少少
入户闭门

百个小区
千座楼房
万户人家
守望相连
这就是武汉
可爱的人民
人人都是
英雄汉

二

除夕之夜
不同往年
本欲团聚
却少女儿、女婿
儿子、儿媳
人不能走动
视频能相见
视频里出现
女儿
老娘只哭
无言
视频里出现
儿子
老爹泪流

满面
视频里传来铿然的回答
老爹、老妈
我们要去战疫前线
请静待我们凯旋
到那时
咱们再过一个更欢乐的大年

三

三镇，三镇
医护人员战病魔
一人恨难分身成三
缺病床
缺药品
缺防护
没有的自造
已有的互捐
医护奋斗
昼连夜
病人感动
泪涟涟

四

医生、护士
告别家人
奔赴火线
吴敏告别
八十三岁老母
不足三岁的爱女
无言语
泪潸然……
老母颤抖的手
为女儿抹泪脸
小女儿
哇声痛哭：
妈妈
你别走！我想你呀！……
吴敏不声不响
抱起小乖乖走向老爹遗像前
跪地三叩首
放下小女儿
没回头
难回头……

五

战疫激烈
胶着对峙
医护队伍发起
阻击战
病人昼夜入院
医护不下火线
六小时
八小时
十二小时
十六小时……
每早换新装
转眼全身泡汗
不可脱
不能便
下班更衣
水一片
摘下面罩
刀割般
压痕在脸
镌刻着白衣战士
崇高的曲线

六

吴敏，她太累了
太累了
十四个昼夜
连续作战
病人退烧转阴
她却身消瘦
神不安
病魔暗袭扰
身坐地
人软瘫
白衣姐妹
围起人墙
院长医师
紧急抢救
她气息喘喘
喃喃轻语：
……老妈
……女儿
……我想你们……
少顷
又重复
……妈妈……

……女儿……

……想你……

眼角流泪

最后，我请求

见丈夫一面！

丈夫赶来了

她只能点头，无法言语

只把手缓缓递去……

她停止了呼吸

丈夫哭倒大山

室内悲伤

室外怆然

两江逆水

风浪

空天雪飘

送寒

七

我走在诗里

未停落泪

武汉人可亲、可爱

人人都是英雄汉！

我还要以血泪

用肝胆

歌颂
千千万
万万千
英勇的白衣战士
哪里危险
哪里上岗
哪里缺人
哪里补班
昼夜奋战在
大武汉
保卫战
总体战
他们是我心中
2020年
最可爱的人！！！
最可爱的人！！！

八

巨手拨云雾
亲切道武汉
英雄的城市
英雄的人民
打赢防疫战
决胜之地！

三军优秀医护
当即集合
当日出发
直奔武汉
运 20 领衔
八架运输机
翱翔蓝天
万人精锐汇聚
重病区
最前沿
各地名院名医
包车
包机
星夜驰援
军队
地方
医护总动员!

九

全国一盘棋
联防联控
决胜武汉
医疗资源
防护物资

蔬菜瓜果
鱼虾肉蛋
日用百货
文具纸张……
昼夜运送
车流源源
中国速度
十天矗起两座
防治传染病医院
好设备
床两千
名医护
重病患
奇迹何处来?
难忘庚子春节里
火神闪闪
雷神轰鸣
千台设备合唱
万朵火焊织花
车流如水
人往如川
英雄的歌声
响彻两山

十

大武汉！
大武汉！！
意志顽强
坚决果断
万千武汉人
个个英雄汉
打赢疫情防控
保卫家园
还要力求全胜
防死灰复燃
大武汉！
大武汉！！
你苦了
你伤了
你坚持着
你无惧困难
你是决胜地
你是英雄汉！
2020
你又一段
战斗史
你又一篇

光辉史
全国兄弟的援手
全国驰援的力量
在同一个地平线
迎接抗疫胜利
曙光！

（选自《人民日报》2020 年 3 月 28 日）

小小的心

鲁若迪基

微信里
有几个武汉朋友
每天早晨
我都情不自禁
一一找到他们
点个赞
让那颗
小小的心
越过千山万水

（选自《光明日报》2020 年 2 月 14 日）

谁的一生没有几场硬仗

周卫平

手中时光　有过诗和远方
也难免遭遇世事无常
不管多难　依然选择坚强
热爱生活　阴霾就遮不住希望
岁月雕塑　是否挺起了脊梁
亲爱的人们别来无恙
几多牵挂　真情默默流淌
不再孤单　千里之外也是身旁
谁的一生没有几场硬仗
披上信心的战袍　迎战雨雪风霜
迎难而上是最美的模样
风停雨歇　拥抱来日方长
谁的生命不是相守相望
力量汇集成大海　哪怕雨骤风狂
相守相望是真正的善良
沧海桑田　携手阳光路上
谁的一生没有几场硬仗
来日方长　走在阳光路上

（选自《光明日报》2020年2月28日）

健康信用卡

梁　平

一

能确定我身份的有很多证件，
我在我的祖国，或者祖国之外，
自由穿行，像鸟儿一样可以舒展翅膀。
庚子年的春天，又颁发一个二维码，
让我获得了健康认证。
我把健康随身携带，出入超市、商场，
出入公共场所，健康与健康接头，
上线与下线，省略所有的暗号，
整个世界都在向我行注目礼。

二

风走不动了。生活的每个通道，
都在排队，前胸贴后背的队伍，
地铁、公交、安检、售票口，
被勒得像缠丝的兔。
退后一步、两步，给呼吸留个过道，
改改队形改一种“打拥堂”的以往。

拉开距离的美，等来的都是惊喜，
放松的密度行云流水，
一个浅浅的回眸，生百媚。

三

一双幼年的手洗到了成年，
还是不停地洗。
洗泥土洗灰尘洗病菌，
洗干净了的手，
拒绝藏污纳垢。
眼睛看不见不一定就干净，
脏东西已经狡滑到了无孔不入，
道貌岸然防不胜防。
你就是千手观音也要好好洗，
手洗干净，就干净了身体和名声。

四

八大碗九大碗全副武装上阵，
十几双筷子穿插、挺进，深入浅出。
酒肉穿肠，伴以烟雾缭绕，
这样轰轰烈烈的场面由来已久，
城市与乡村都根深蒂固。
形同虚设的公筷寂寞难耐，

千呼万唤的分餐异常艰难。
是时候了，情感交流换一种方式，
心与心的靠拢，不在桌面。

五

好端端的口罩惹了谁？
人与人、族群与族群之间太多强加，
口罩被妖魔化，蒙受不白之冤。
被冷眼，被驱赶，被围追堵截。
仅仅就是尊重他人和保护自己，
仅仅就是一个卫生常识，
我就爱上了口罩，以后的日子，
它将成为随身饰物、生活伴侣。

六

坝坝席、百人宴、千人聚餐，
红喜事、白喜事，有喜就大吃大喝。
有些风俗和习惯上了年纪，
一块老年斑贴在生活记事簿上。
其实没有人喜欢老年斑了，
街坊相逢一个微笑，彼此轻松，
老乡见老乡落座一杯清茶，
炒几个拿手菜，邀一轮家乡的月亮，

真情从来不凑热闹，岁月静好。

（选自《光明日报》2020 年 4 月 10 日）

第二辑

致敬之诗

一个超负荷的群体

车延高

不用一一说出你们的名字
你们是一个群体
生与死的危难时刻，你们把自己的命押在了第一线
汶川大地震、非典防疫现场都有你们的身影
抗击新冠肺炎，你们又出现在与死神搏斗的最前沿
你们是舍生忘死的人
你们是救死扶伤的人
你们是在封城隔离后置个人生死不顾、走进疫区的人
你们有英雄的壮举，从没把自己当英雄
那些被你们从死神手里夺回来的人相信你们是白衣
　天使
作为死神的敌人，你们是患者心目中最可爱的人
“病”临城下的生死关头
没有硝烟的诊室和社区是你们的主战场
一座城市的压力有多大，你们对生命承负的责任就有
　多大
以前，感冒、发烧、咳嗽，扛一扛过去了
现在疫情危及自己和他人生命，谁也不敢马虎
生命的重要，使病状被恐惧心态放大
疑似的，要诊断；确诊的，要救治
发热门诊一天要接诊上万人

满负荷，不！你们是超负荷耗损自己
口罩、防护服、床位、医疗器械都跟不上
就诊待检的队伍却越跟越长
焦躁、愤懑、不理解，甚至飞沫都跟着情绪压向你们
你们忍受着委屈和误解
知道连轴转、白加黑会使免疫力打折
接诊就是和新型冠状病毒殊死搏斗
每一个感染者都可能把你们感染
但你们用钉钉子精神把自己钉在岗位上
你们当中有身患绝症仍在出诊的院长
有在发热门诊累得腰快撑不住自己，却被患者指责的医生
有把一头长发剃掉的护士
真的要谢谢你们
你们以自己超负荷的负载在为人们做心理减压
你们耗竭着自己有限能量在为自己热爱的生活增加能量
你们让我看见了责任和使命的
重量

（选自《诗刊》2020年第3期）

春天的力量

李少君

借助春天的力量战胜疫情
需要一阵春风，浩浩荡荡
需要春风一样的摧枯拉朽
需要春风的扫荡，驱除恶疾

借助春天的力量战胜疫情
需要一道春光，明媚灿烂
需要春光一样照彻天地
需要春光消灭病毒，无处隐藏

借助春天的力量战胜疫情
需要阳光暴晒，清除病菌
需要清水洗尘，涤净污垢
需要鲜花怒放，释放愁郁

借助春天的力量战胜疫情
需要一群白衣战士，逆行而上
肩负人民的期望，冲向战疫前线
需要一支队伍，隐忍克艰

需要一面旗帜，将胜利插上峰顶

（选自《解放军报》2020 年 3 月 24 日）

战疫之歌

郭相杰

一

这是一场突如其来的战役。
故事发生在
公元二〇二〇年的料峭春日
冲锋的号角回响在春节前夕
主战场设在湖北武汉这座
“九省通衢”的城市
我方是十四亿中国人民
敌方是新冠肺炎
有多少铿锵的脚步毫不迟疑
有多少白衣天使在“最美逆行”
有多少亲人在战斗中逝去
有多少勇士前仆后继
如今前方“胶着对垒”战事正酣
打败敌人需要我们同心勠力

二

这是一场没有硝烟的战役

来犯之敌看不清摸不着
需要全民披挂上阵共同御敌
凭的是人心齐泰山移
靠的是科学防治抓实抓细
医护人员是抗疫主力
全力以赴方能战胜顽敌
谁说有声的战斗惊险刺激
无声的战斗更加传奇

三

这是一场中国共产党指挥的战役
领袖的决策英明正确
全国人民有了决战决胜的勇气
“坚定信心、同舟共济”
“科学防治、精准施策”
“坚持全国一盘棋”
“联防联控、群防群治”
“把人民群众生命安全
和身体健康放在第一位”
“我们有信心、有能力、有把握
取得最终胜利”
…………
运筹帷幄、决胜千里
像一股春风回荡在神州大地

共产党员身先士卒
在抗疫前线立起一面面耀眼的战旗
为人民利益牺牲一切也在所不惜
誓死捍卫那血染的旗帜

四

这是一场 14 亿中华儿女唱主角的战役
全民皆兵方显天地正气
同仇敌忾共创人间奇迹
人不分老幼
地不分东西
全国皆战场
人人为战士
“十四亿人齐蹈厉”
防控没有前方后方
人民是真正的铜墙铁壁
医护人员星夜驰援
口罩、护目镜、防护衣
肉类、蔬菜、水果、面米
所有救灾与生活物资……
祖国的爱心从四面八方涌向荆楚大地
武汉加油，湖北加油，中国加油
如雷的心声响彻天际

五

这是一场诞生英雄的战役
武汉从来就是一座英雄的城市
曾记否，从“武汉保卫战”到“98 抗洪”
伟大的人民铸就了英雄之地
党中央一声令下
英雄儿女向武汉汇聚
那位“敢医敢言”的古稀院士钟南山
那位“芝兰之气”的巾帼院士李兰娟
那位全家感染
她却坚持一线的重症医学科主任朱国超
那位四天三夜骑车赶回医院的
“95 后”医生甘如意
那一群群医者仁心的白衣天使
那一队队戎装出征的解放军战士
太多、太多……
他们有的顶着除夕璀璨的礼花“逆行”
有的告别了年夜饭桌前的父母孩子
向战场聚集
有的从岗位到战位
甚至没来得及向亲人道一声别离
这些天，有多少英雄的事迹可歌可泣
有多少看不清的面庞生辉熠熠

可他们的样子却被人们永记心里
为什么我们常含泪水
因为我们深爱这片土地
更因对生活在这片土地的人们
深怀敬意

六

这是一场大爱支撑的战役
一方有难，八方支援
有钱出钱，有力出力
患难见真情，大爱无域
那一双双伸出的温暖之手
那一位位捐钱不留姓名的百姓
那一声声来自远方的问候与鼓励
那位在东京街头
鞠躬募捐的“日本最美女孩”
那一幕幕温暖人心的电视画面……
我们知道，有一种爱
在黑暗中熠熠发光
在危难时倾力救扶
在激流里力挽狂澜
武汉并不孤单，你不是一个人在战斗
祖国是你的坚强后盾
全世界善良的人们与你同行

这用大爱支撑的胜利
也必将温暖武汉温暖中华大地

七

这是一场与病魔竞速的战役
大敌当前，我们深知
时间就是生命
速度就是胜利
兵贵神速，唯快不破
快封城，快排查，快确诊，快救治
快生产运输救灾物资……
快！快！快！看——
知音湖畔，仅用 10 天
火神山医院拔地而起
日夜鏖战，齐心协力
与蔓延的疫情赛跑
生命之光点亮希冀
这就是中国速度
这就是中国效率
这就是中国模式
国际社会惊叹赞誉
一个国家快速转入应急救援机制
“只有中国可以”

八

这是一场全面拷问的战役
疾风知劲草
板荡识诚臣
这场战役无疑是一次全方位的考试
每一个中国人的人性
每一个共产党人的责任担当
国家的经济运行、治理能力、外交体制
是对共产党人执政能力的大考
“青山遮不住，毕竟东流去”
我们正用行动回答这场历史考题
一定能交上合格的答卷
这也是对全人类的一次考试
我们从中看到了邪恶与正义
世界潮流，浩浩荡荡
患难中，杂音从来是少数
善意始终是主旨

九

这是一场永载史册的战役
艰难困苦，玉汝于成
天地昭日月，浩气永长存

这场战役创造了无数个第一
铸就了多少人间奇迹
上千万人口的城市完全封闭
几十座城市启动一级响应机制
在家“宅着”也是对抗疫的鼎力支持
中国人尊崇着
“己所不欲，勿施于人”的做人道理
相信有中国共产党的坚强领导
有全国人民的团结一致
有如此强大的领导力执行力战斗力
病魔终究败北
人民必然胜利
这场波澜壮阔的伟大斗争
必将因“人间正道”而永载史册

十

这是一场昭示未来的战役
“乘风破浪会有时，直挂云帆济沧海”
巨大的灾难
往往是以历史的进步为补偿
寒春过后
必将迎来百花绽放的和煦春日
反思历史是为了成就未来
我们会更加懂得

珍视团结，珍重自然
珍惜善良，珍爱生活
我们会更加追求
政治、经济、科技、文化、环保的
全面进步
我们会更加坚信：
“惊涛骇浪从容渡，越是艰险越向前”
中国特色社会主义制度
具有巨大优越性
伟大的中国人民会愈挫愈勇
中国的明天更美好

（选自《光明日报》2020 年 3 月 6 日）

泪痕与勒痕

张执浩

口罩在脸颊上勒出的印迹
是横向的，纵向的是眼泪
我在等你摘去口罩之日
诗歌要横着写，从左至右
竖着的是一架天梯
高烧的儿子蜷在地上
巴望着高烧的母亲
高烧的汉字在呓语
我在等勒进了皮肉的那种疼
它在你的鼻梁我的脸颊上
刻写着一个个“人”
有时候我会忘记它的发音
它的去向，它的来历
有时候我会长久地盯着它看
直到眼眶里蓄满了泪水
直到我们终于能够
在泪花中相互辨认
曾经走散过，但没有走失

（选自《诗刊》2020 年第 4 期）

致　敬

叶玉琳

要向一位 84 岁的老人致敬
是他临危受命，只身奔赴
从那没有硝烟的战场
发出最真实的声音
接着是军医妈妈，白发父亲
推迟婚礼的年轻情侣……
他们都是凡胎肉体
也有自己的不舍和牵挂
可面对疾病
一个个都变成了钢铁战士
请战出征的白色身影
挤满专列和专机
黑漆漆的夜晚，前方
宣告锁城，他们却义无反顾
上演最美“逆行”

要向一座城致敬
尽管她正被病毒肆虐，频频告急
没有比这更令人揪心的地方
万家团圆的日子
一袭袭白衣，在病房穿梭

用生命守护着生命，不眠不休
密不透气的防护服紧绷着身体
后背写着名字，也写着生死誓言
任凭浑身湿透，睫毛成霜
双手被浸泡得面目全非
可压着红手印的请愿书还在纷至沓来
叠成了厚厚的生死状
“不计报酬，无论生死……”

有人毅然剪去长发
有人坐着轮椅出诊
有人拄着拐杖走进病区
全副武装的医生
来不及看一眼三米外的幼小女儿
一道急诊室的门，生与死
成为亲人间最遥远的距离
“我爱你们，请放心，我们一切都好”
十几个小时过去了
防护面罩在脸上勒出深深的印记
那是世上最美的表情

一批批增援物资纷纷抵达
一批批医疗队冒雨前行
是的，今夜
我要向所有护卫生命健康的人致敬

是甘洒热血的担当和勇气
使他们成为这个时代最可爱的人
也要向脚下沉默的草木虫鱼致敬
是它们提醒我们要战胜邪恶
铭记一段不该忘却的痛苦经历

“若有战，召必回
回必战，战必胜……”
一座座高低起伏的城镇
一道道被封锁的道路和关卡
寄托着无尽的牵挂与祝福
也流淌着无法阻隔的英雄梦
“生命重于泰山
我们一定要打赢这场阻击战”
雷霆万钧时刻
是谁发出了这力拔山河的指令
“是的，我们一定会赢！”
江河颔首，大地回响
浩瀚的夜空下，我对天仰望
向一盏盏点亮的灯深深致敬

（选自《诗刊》2020 年第 4 期）

立春短章

邓醒群

战书

给昏聩的天空一声响雷，向死神下达战书
在大地上按鲜红的手印，给病人注射一支强心针
给邪恶一记耳光。疫情一日在线，我们始终在岗

南山

南山之钟，响于盛世，鸣于危难
君子，心中有天下，眼中有苍生
八十四岁的脚步又出发。清心洗肺，唤春风

口罩

口罩，与这个春天密不可分的热词
滤去毒疫，纤尘在口罩之外。口罩
愿逝者安息，给活着的人重拾希望的春天

白色

白色，是圣洁的象征。警服之外比平时
多穿了一件白色衣服，藏蓝与白色融为一体
使命不变，责任无声，担当无言。守夜人，仰望星空

（选自《诗刊》2020 年第 4 期）

今年我的这个城市流行着白色

田　禾

今年过年，武汉没有下雪
但新型冠状病毒肆虐的江城
却下了另一场雪
一群白衣天使从天而降
逆寒流而上，安徽、上海、广东、重庆
北京、山东、浙江、海南、黑龙江……
全中国的雪，都下在了武汉
使整座城市漫天飞雪

这铺天盖地的雪，像满城的
樱花提前开了，那么美那么白
白衣、白帽、白裤、白口罩
白色裹紧的身体，向疫区走去
放射的光芒足有几分杀气
必是一切疾病的克星
白也是圣洁明亮的代名词
要把一座笼罩着阴霾的城市擦亮

即使戴上口罩，我也能认出你
或许我不能喊出你的名字
但我知道你是南丁格尔、白求恩的化身

你们有一个共同的名字叫白衣天使
天，是人命关天的天
使，是使命担当的使
穿上白大褂就深知天使的责任
说穿上这身衣裳就什么都不怕了

往年过年的中国红
今年变成了抗击疫情的天使白
满城的白色，像沸腾的水
再寒冷的冬天也会被暖化
再凶恶的魔鬼也能烫死
今年我的这个城市流行着白色
白色正在以生命的名义死死捍卫着武汉

（选自《诗刊》2020 年第 3 期）

坚　守

谢克强

走上前去
没有惊天动地的豪言壮语
只有一颗赤胆忠心
和一个医生的职业操守
你奋勇走上前去

是的，这是一种深刻的使命
也是一种庄严的责任
当新型冠状病毒威胁着阳光与生命
你毅然走进疫情重灾区
挺身扼守在生死线上
与肆虐的病毒做殊死的决战

岁月匆匆中
人们常常浅薄了生命的意义
宠辱、得失，甚至斤斤计较
你却用果敢昭示白衣战士的尊严
使多少人懂得爱与责任
才是高尚真实的人生

24 小时，48 小时，72 小时

病房的灯火都眨着疲惫的眼睛
你却依然精神抖擞地坚守病区
在突然面临的遭遇战中
残酷的战斗才刚刚打响
坚守，就是和病毒抢时间

你知道，生命至上
救死扶伤，就该坚守前沿

（选自《诗刊》2020年第3期）

这些高尚的人

——写给奔赴武汉抗击新冠肺炎的战友

王久辛

平时，他们隐匿在辽阔的国土
那熙熙攘攘的人群中
当新型冠状病毒猖獗，蔓延
随时可能大面积感染
要夺走千万人性命的危机时刻
他们来了，如脱兔般箭射而出……

他们都很平凡，年轻
转眼就消失在奔赴的跑道
甚至看不清他们的脸庞
像勇敢是用冲锋
和最危险时刻的行动
展现的一样
登机飞赴新冠肺炎中心区的
神情，瞬间闪耀，照亮人心
给疫区人，给亿万人民
金子般希望的光芒……

我看不清他们的脸庞
他们的脸，是密封的

似防疫工作服内的心跳
是真真切切的心跳
一下一下地跳动
鲜红的跳动，像军旗在飘扬
像五星红旗在飘扬
那动人心魄的鲜艳的跳动
跳动在辽阔的大地上
也跳动在他们密闭的周身
跳动，伴随着他们
在武汉，在疫区
在与猖獗的新型冠状病毒拼杀的
血战的神情中。
除夕的夜空上
弥漫着他们的
大无畏，和大无畏中的大担当
我不敢用颂词来歌唱他们
他们不是来表演的
在随时准备献身的战场上
我希望我的字句
能够成为他们的战友
而我的心跳，能够
和他们一起与病毒对垒
零距离，针锋相对
零距离，勇敢进击……

英雄啊，这舍却父母
舍却夫妻之情、亲子之爱
为他人而献身的椎心之痛
才是英雄之所以是英雄
最令人们揪着心的感动
慷慨赴死的心
与你与他，与我们大家
一样的大小。而他们的心
却如拔地而起的屏障
组成了
任何病毒都不能逾越的山峰……

我敬仰他们，假若
我今生能够，与这些
高尚的人们一起，并肩战斗
哪怕成为他们刚戴上的口罩
才喂给感染者的一粒药丸
或注射给发烧病人的一剂针液
我就是幸福的，如果这些
都统统不能，甚至不能
成为这些勇士的助手

那么，就让我们成为
防疫止灾的志愿者吧，首先
把自己管理好，而后

从一点一滴的小事上做起
像这些高尚的人
严于律己那样
彻底清除身上和身边
所有病毒可能的孳生之土……

这些高尚的人，他们呐
总是把自己最美好最珍贵的东西
献出来，与亿万人分享
使所有的良知和真诚
都为之感动，并获得希望
从而使人，对人世
充满了无尽的留恋
这些高尚的人啊，常常
就在我们的身边，那是一种美
——为人的，利他的
向真、向善、向美的
平凡之人，他们的精神
只有到了最危险、最关键的时刻
我们才有幸，能够看到
看吧
勇于献身的、一个又一个
英雄的人生
如今，就展现在我们的眼前
巍峨壮观，如三山五岳

浩瀚雄浑，如长江黄河
虽然，看不清他们的脸庞
却是一样的令人感动……

（选自《解放军报》2020 年 2 月 4 日）

致敬英雄

宁　明

我要向你们的背影致敬
元宵夜掰成两半的月亮
一半照着你们风尘仆仆的身影
一半注满家人牵挂的目光
那一支紧急集合的队伍里
又增添了几个略显瘦削的身影
你们这些未曾相识的战友
远远望去，每个人的身姿
都像是月光下一尊坚毅的铜像

我要向你们的泪水致敬
那些比月色苍白的语言
永远都不会读懂
你们噙在眼眶里不肯落下的泪滴
相拥的恋人，依依不舍的父母
甚至，抱在丈夫怀中的孩子
所有人的眼角里，都不会落下
一滴离别时的懦弱

我要向你们的微笑致敬
抢救室曾并肩救人的战友

却因每天穿着厚重的防护服
走廊里竟然迎面不敢相认
一样的战袍，一样的作战任务
甚至，连微笑的眼睛都那样相似
你们是天底下，一群用微笑
写下生死状的人

我要向你们的脚步致敬
从北方到南方
从宿营地到雷神山医院
再从一个病房到另一个病房
你们天天都在跑一场马拉松
如果，查证一下每个人的运动记录
就会发现，你们步行的轨迹
竟是如此惊人地相同——
把营地到医院间的两点一线
一天天描画得愈来愈粗壮

（选自《人民日报》2020 年 3 月 28 日）

剪　影

宁　明

我要为一位退役的老军人剪影
把他写给在雷神山医院儿子的信
作为画面的底衬
再把他郑重嘱咐儿子的两个字
突出为作品的主题——
他说，只要上了前线
医生的名字就只能有一个
应该叫作：战士！

我要为汶川的一个老乡剪影
把自家菜地里最好的蔬菜
精心地拔出来，开车送往火神山医院
这些水灵灵的青菜
有一个共同的名字：感恩

我要为那些外卖小哥剪影
他们要与饭菜散热的速度赛跑
边跑还边为自己加油——
饭菜少凉一度，就能
让舍命救人的医护人员
多感到一分温暖

我要为那位川妹子剪影
二十四岁的小刘
逆行千里，开车到武汉
志愿为医护人员当炊事员
火线上不光离不开手术刀
也需要有人来抡大炒勺

我要为那些代购的年轻人剪影
他们把每家每户的采购需求
用彩笔，花花绿绿地写在
自己防护服的前胸和袖子上
远远看去，像一队穿迷彩服的士兵
每天起早贪黑，不停地奔波在
通往社区人家的楼梯上

我还要为自己剪影
让鞠躬的腰身弯得再低一些
向参加抗疫战斗的人们
献上一份深深的敬意
并在这面感恩的剪影墙上
永远保存好这份不褪色的记忆

（选自《人民日报》2020 年 3 月 28 日）

一位爷爷写给孩子的话

钱万成

孩子
国家有难，匹夫有责
这是一句很老很老的话
面对突来的疫情
你一定要懂
武汉封城了，这不光是
武汉的事。那些病毒
正沿江而下，去袭击
别的城市
它们来自另一个世界
是一群隐形的入侵者
它们头戴皇冠，耀武扬威
你却很难发现它抓住它
大敌当前，我们必须
提高警惕。给每一个人
每一个家，每一个村庄
每一座城市
都戴上口罩
还要备足酒精、消毒液
这是对付它们的最好武器
你一定要听从指挥

把自己关在家里
这也是最安全的碉堡
你要相信我们的国家
相信那些专家和白衣天使
这是一支特种部队
他们百战百胜
无坚不摧
你还要相信那些你熟悉的大人
他们都是勇士，他们
正在想尽一切办法
保护你，你的亲人、朋友
和这个世界上，所有
爱好和平和正义的人
孩子，记住
国家有难，匹夫有责
但你现在还没有长大
你不要着急出征杀敌
你的任务就是坚守
守住你的善良你的正直
带着一颗感恩的心
健康成长
你们是国家和民族的未来
你们也是地球和人类的卫士
你们要好好学习，用你们的智慧
破译那些入侵者的密码

让它们都变成宇宙世界
和平的使臣

（选自《光明日报》2020 年 2 月 14 日）

孩子，妈妈去武汉打怪兽

赵晓梦

疫情不等人，病毒扩散得太快
儿子啊，你就是哭破嗓子
妈妈也得走。这是一场没有
准备的遭遇战，也是一场没有
退路的阻击战，隐藏在病人
身体中的怪兽，正吞噬着人类的生命
白衣天使的妈妈，必须找到它
杀死它，我们的生活才称得上完整
同事请战的血书比冬天的雪花
下得热烈，那么多“逆行者”
都在向武汉集结，妈妈必须回到
自己的岗位。生命的意义和价值
都在实现目的的过程里，
医生家庭的重量，
在于扶起更多家庭的健康
深陷病毒纠缠的中国，需要我们
挺身而出。你不用担心妈妈
命运终究会善待我们这些“逆行者”

（选自《光明日报》2020 年 2 月 14 日）

天使的身影

菲　鸿

街头寂寥空空荡荡，
树枝摇曳沙沙作响，
冷冷星光，鸟儿慌忙归巢，
庚子开年，病毒夹着雪霜。

你听你听，是谁的脚步匆忙？
你看你看，什么地方还闪着光？
是雷火！是方舱！

那是天使的身影把寒夜照亮，
那是生命的方舟托起生的希望。
天使的身影！天使的身影！
你是生命的暖阳！

父母挥挥手：安心去吧不要多想，
孩子拉紧手：打败怪兽陪我好好逛。

你拉起行李箱不敢回头望，
登上追赶生命的列车，
驰援白云黄鹤之乡。
荆楚有难神州共，

骊歌一曲泪千行！

惊恐的眼，在你的安抚下渐渐安详，
焦虑的脸，在你的怀抱中不再惊慌。
口罩和头套，挡不住你坚定的目光，
汗水和压痕，印证着你的誓言和信仰。
镜里无暇怜自影，
心中有爱暖同裳！

鹦鹉洲头，虽然空空荡荡，
晴川历历，正聚集着生命的力量。
待到花好月朗，
走出雷火方舱，
饱吸樱香，拥抱太阳
捧一束玫瑰，向天使献上。

不知天使的名字，
不识天使的模样，
不见天使最美的脸庞。

我只记得，你的目光，
给万千生命送上希望。
我只记得，你的身影，
筑起壮美的白衣长城，
挡住了病魔凶狂。

白衣长城，就是生命的力量。

白衣长城，就是最美的形象。

（选自《光明日报》2020年2月21日）

一米远的团圆

李朝润

2020 年 2 月，湖北郧西县店子镇中心卫生院的一名年轻的护士，因防控疫情坚守岗位，已一个月未能回家，想孩子心切的她，利用去县城转运病人的机会，与丈夫和九个月大的孩子在小区门口见了一面。她蹲在路边，含泪吃完丈夫带来的午餐，又匆匆赶赴抗疫一线。一位社区工作者，随手拍下一张感人的照片。

一米远，
一盒饭，
一次相聚在路边。
三口人，
三十天，
三步开外家团圆。
想走近丈夫，不能；
想抱抱孩子，不敢。
眼，凝神在看；
泪，无声在转；
脸，故意在偏；
心，疼痛在颤。
九个月大的孩子，
隔着口罩，咿咿呀呀叫妈妈，

多希望像平时一样，
摸摸他的小手，
亲亲他的小脸，
甚至，拍拍他的小屁股，
数落他一句——这个小小的调皮蛋。
可是，不行啊，
在这乍暖还寒的春天，
疫情，像一道无形的藩篱，
把彼此阻拦。
什么叫不见时盼？
什么叫相见时难？
什么叫咫尺天涯中的天涯咫尺？
什么叫隔离不隔心的共度时艰？
短短一米的间距，
却把思念拉得很远；
匆匆一过的时间，
阳光，却把情感蔓延。
此时此刻，
对丈夫，只能说一声抱歉；
万语千言，
送给妻子的，也只有道一声平安。
一个不在意的场景，
却是一幅最感人的画面；
一个很普通的人家，
却是一束最温暖的光源。

亲情在这里聚焦，
守望在这里具现，
前沿和后方的双重期待，
让平凡的生命拥有不平凡的内涵。
照片，来自鄂西北山区，
时代的瞬间定格成永远。
这是全民抗疫的生动缩影，
呈映出大爱人间的迎春风景线。

（选自《光明日报》2020 年 3 月 13 日）

春　讯

翟晓光

我们从海岸出发
涉过波涛
这是大海对长江的深情
因为我们是团结的一体
黎明姗姗来迟的江面
岸边落满枯叶
战栗蜷缩
侵入泥土里
那是喜怒哀乐的垂花
白衣天使
弯曲身影
遮蔽着美丽
如青铜铸造
月亮垂挂着她们乌黑的长发
白色的疆域
崩溃的黎明
泪水回荡
一道道雾气蒙蒙
黑瞳明亮
神异的月光
澄澈清明

举起红珊瑚
燃烧到灰烬
是身体的火焰
日月轮替的精华
手握着手
预示着天空的温度
用双手捧起潮水
那是长风对海的相诉
春雷滚滚
惊醒夜航江轮的笛声
枯萎的树叶
开始传递春讯
山岭上
一片片火炬燃烧
那是杜鹃花刺破天空的热望
太阳的篝火
洒落在长江上
长江的刻刀
镌刻着杜鹃的灵魂
似血的赤诚
诠释生命的真谛
坚守着　期待着　照亮着
火光照亮长夜
召唤涅槃
大海蔚蓝的波光

映照山岭
一片片
开满杜鹃花
像重生的凤凰
颤抖双翅
风吹火焰
汇聚成江湖
浩浩荡荡
扬起茫茫波浪
远处
澄澈明亮的大海
一声高似一声
我们是灵魂精神的一体

（选自《光明日报》2020 年 3 月 13 日）

我们用眼睛微笑

剑　鞘

庚子的春天
步履蹒跚行迹悄悄
荆楚的大地上万物开始复苏
人们用门和窗封存了欢乐和喧嚣
城市和乡村
只飘荡着无奈和寂寥
耳边重复着文字冷静的忠告
眼前只有白衣战士拼命奔跑
南国的鹏湾
春潮涌动　汇成波涛
科学有力的政策
理性热情的怀抱
让大地恢复温度
让城市重现热闹
生命和生活
相互交织互相缠绕
救死是逆行的英雄
扶生何尝不是
忧国为民的情操
一线和二线　战场和后方
都同样重要

我们来了　我们都来了
相见的时候
尘满盔甲
疲惫沾染了征袍
只能用手比一个爱心
祝彼此安好
我们都想
给对方一个深深的拥抱
挥手的瞬间
誓言已经铿锵掷地
战船已经扬帆起锚
口罩遮住了上扬的嘴角
我们用眼睛微笑

（选自《光明日报》2020 年 3 月 13 日）

春夜的星光

——致抗疫志愿者

张永红

庚子新春，恐惧，焦虑，
像幽灵一样笼罩
疫情！疫情！疫情！
一道道呐喊，
穿透子夜，震荡大地
防控！防控！防控！
一道道雷霆万钧的指令
似号角，催促着，召唤着——
一名名志愿者背起行囊
迎风立雪，逆向而行，
与时间赛跑，和白衣天使一起
斩断病魔伸向人间的魔爪，
救百姓于水火，济病困于倒悬
积土成山，积水成渊
汇聚普天之下的情义和热忱
你们是春天里最美丽的花朵
蔚然而成960万平方公里的花海
唤醒奔涌在民族血脉中的同心同德
目标一致，步调一致，言行一致
你们动若脱兔，静如处子

医院、方舱、社区、村落……
你们坚定地守卫，忙碌的背影
彰显着你们的高尚、伟大和无私
向你们致敬！无私的志愿者们
你们都是普通人
——父母、子女、兄弟、亲人和朋友
但为了让病魔远离世界
你们无所畏惧，负重前行
当世界各国遭到病毒肆虐
你们闻令而动，再次出征
你们不愧是这个时代的英雄
携手春风，献给人世间无限温暖
口罩蒙住了脸
但遮不住你们眼中的大爱之光
击穿阴霾，点亮夜空
你们是一颗颗璀璨之星
在浩瀚的春夜熠熠生辉
携手迎接人类胜利的曙光
深情拥抱世界美美与共的春天

（选自《光明日报》2020 年 4 月 17 日）

战疫图谱

杨志学

盼望的眼睛，深情的眼睛
一双双满含期待的眼睛
刹那间闪出许多明亮的慈爱的眼睛

有力的拳头，对命运说不的拳头
握紧了，一只只向魔鬼宣战的拳头
火线上举起了对信仰宣誓的拳头

交通的速度，人力的速度
唤醒了火神雷神的速度
生存的速度，要跑赢死亡的速度

隔离的时间，对峙的时间
和平中体验战争的时间
把敌人阻击到了山的那边的时间

社会的节奏，自然的节奏
杨柳枝拂过江面的节奏
战斗中谛听春天降临人间的节奏

（选自《解放军报》2020年3月6日）

蓝天上飘过一朵朵白云

张庆和

生命重于泰山，疫情就是命令
来不及告别亲人，顾不得三思后行
背负大山的嘱托，铭记江河的叮咛
情系武汉，奔向疫区
我们的白衣天使出发了
携着蓝天的白云，步履匆匆
疫区就是战场
用责任捕捉恶魔，以生命挽救生命
一双双泪眼想望向远方
生的渴求在呼唤援兵
来了，来了
我们的白衣天使，我们的人民子弟兵
一群敢于亮剑的英雄
疫区就是前线，是战士就敢于冲锋
那里有白求恩施救的辛劳
那里有雷锋穿梭的身影
医生：用意志砌筑高墙
护士：以爱心编制铁笼
扼死毒魔，困住不幸

还武汉一份安宁，还疫区一片晴空

（选自《解放军报》2020 年 2 月 14 日）

医者仁心

缎轻轻

亲吻幼小的孩子，昨日还和他并肩漫步
在一片无风的果园，那儿有旋转马车、棉花糖和脆响的笑声
她也有平常而喜悦的日常，而此刻，病者在疫区忍受疼痛
人对传染的恐惧超越了疼痛，如河水漫过了砾石，太过容易
正是除夕，她出门前蹲下脸贴着儿子的脸颊，“你要听话”
“妈妈，放心。”
她拎起行李，整趟列车上都是如她一般的医护人员
奔赴疫区，窗外是日夜绵延的山峦贯穿着自然横向的力
车厢里有些安静，每个医者都稳稳安坐，沉默中，爱从不更换座椅。

（选自《长江文艺》2020 年第 3 期）

一道又一道阳光

甘茂华

在这个非常时期，
眼睛依然明亮。
在这个严峻时刻，
热血依然滚烫。
看烟雨莽苍苍，
龟蛇锁大江，
天黑的时候，
点亮了一盏又一盏灯光。

在这个风口浪尖，
把手伸向希望。
在这个荆楚大地，
把爱献给坚强。
看逆风走千里，
星夜赴疆场，
天亮的时候，
出现了一道又一道阳光。

生命高于一切，
这就是我们的信仰。
生命见证一切，

聚焦了世界的目光。
立春的日子就要来到，
用大爱浇出红梅的芬芳。

（选自《长江文艺》2020 年第 3 期）

天使在人间

林海蓓

洁白的背影
是天使轻落人间
收起了双翼

你们在行走
把生的希望
带给大地

灾难来临
作为本能谁都想回避
转过身去
你们也有亲人眼泪

当人们惧怕、担心
是你们用自己的爱、勇气
用自己同样的血肉之躯
抵抗着疫情的袭击

看不清你们的脸
那一双双眼睛
给需要的人多少安慰

那一双双手
抵挡的是病魔
拉回的是生命

在早春乍暖还寒的大地
你们是一群天使
驱赶着寒冷
给人间带来春意

（选自《长江文艺》2020年第3期）

第三辑

和春天一起站起来

满江红·武汉战疫

力　量

报载，4月26日武汉在院新冠肺炎患者清零，武汉保卫战、湖北保卫战取得决定性成果。

武汉三城，春风骤，突遭疫瘼。生搅得，万千民众，几多萧索。静静平湖卷滔浪，滚滚长江动怒色。休欺我！仲景和华佗，又扁鹊。

号令出，天下诺。军民奋，驰援鄂。望荆襄大地，依然壮阔。龟作雷公蛇舞火，悬济苍黎除邪恶。到而今，白云悠悠过，飞黄鹤。

（选自《人民日报》2020年5月18日）

浪淘沙·英雄凯旋

张常海

抗疫众英雄，顶风逆行。妙手回春救同胞。无惧生死慨而慷，大爱无疆。

看神州大地，春色满园。英雄凯旋举国欢。欢呼声响彻寰宇，日月同光。

（选自《光明日报》2020 年 4 月 17 日）

楚宫春慢·武汉解封

王雨剑

梅盈腊月。正鸥满晴川，欣待佳节。疠疫猝临，无息繁滋萌蘖。黄鹤低飞欲堕，雾瘴起、千江凝咽。九省通衢，八方援、同舟共济，快马加鞭无歇。

山河逆战，磅礴志、何避霜寒风烈。举国赴援，齐把狂澜湮灭。笛送春风十里，曲渐亢，音盈热血。万马摩肩、春光里，鹤舞云天，犹念江城如铁。

（选自《光明日报》2020 年 4 月 17 日）

致敬武汉人民
——一个援鄂护士的内心独白

成建国

还是来时的那个人
还穿着来时的衣装
此刻　和衣装
有了许多新的藏品

一枚纪念章　一纸记功簿
日记本上的留言
给你一个冰封的季节
你却还回一个明媚的新春
画家给每个人勾勒的画像
特点鲜明　生动传神

一件件　一桩桩
深藏于心
工作的医院在春节期间建成
深知是哪些人的智慧和力量
筑起了一段守卫生命的长城
几十个日日夜夜呀
灵魂在这里洗礼
生命在这里更新

忘不了　这里的护士医生
人人都是临危受命
大家的心都紧紧连在一起
与病魔争分夺秒
殊死抗争

忘不了　这里饭菜的味道
饭盒里总冒着热气　花样翻新
住的房间　窗明几净　不见纤尘
空气中弥漫着家的温馨
往返乘坐的那温暖的大巴车
司机总是下来接送　笑脸相迎

辛苦了　辛苦了
是这里的人们一致的口吻
从戴袖章的志愿者
到敬礼的民警
从送来牛奶、蔬菜的大伯、大妈
到推开窗户摇着小旗的红领巾

终生难忘的送别场景啊
至高的礼遇　春风拂面清新
如潮的人群　春雷般的声音
有不舍　有牵挂

有祝福　有感恩

真没坐过专程送行的飞机
连机票上都有暖暖的情意
眼前飘过白云
地上是长江、汉水、龟山
这是座英雄的城市
这是个孩子　在母亲的怀里苏醒

（选自《人民日报》2020 年 5 月 18 日）

我只能隔窗向你问候

谢博闻

从立春到芒种
家门、城门紧封
窗帘过滤了太阳
我看不到冰雪在消融
你逆行而来　门缝里掠过一缕清风
那可是英雄的影踪
口罩掩不住你的倦容
粗粝温暖的双手　抚平了无数伤恸
这一路　你总是忧心忡忡
告诉我说不清的苦衷
是黑天鹅施下了咒符
还是大自然敲响了警钟
让春梅、夏荷也不能为你吟咏欢颂
你们都来了　“我先上”“跟我上”
嘶哑的呐喊穿透黑夜苍穹
让灰死的心跳　触摸到盛夏的彩虹
对不起　我只能守着门窗里边
任凭泪水宣泄感动
向你问候，为你祈福
那是铭刻在脑海心田

永远的尊崇

（选自《光明日报》2020 年 6 月 26 日）

无　恙

丁　鹏

春天，与一座城市的解封有关
比如方舱医院患者清零时
下在医护人员眼里的那一场春雨

春雨催开送别的人们手捧的鲜花
当八方来援的英雄踏着樱花归去
武汉，就变成了九省通衢

英雄脱下铠甲，做回了普通人
小儿子吵着给妈妈做水果沙拉
未来一年的家务丈夫承包了

春天，还与一个人的温情有关
比如接送医护人员上下班
自己却因此不能回家的快递小哥

比如无数匿名点给医院的外卖
给武汉运送蔬菜的汶川村民
爱，永远比病毒更有感染力

是融化冰雪的第一缕阳光

然后，有了一座城市的解封
然后，摘下口罩的人们深情地相拥

春风又一次吹绿如画的江山
纸鸢高高地挂满蓝天
江豚成群地跃出江面

你依旧喜欢吃着火锅唱着歌
早晚高峰也依旧会堵车
只是，你变得更加热爱生活

更加渴望倾听大自然的乐章
更加渴望实现未竟的梦想
更加渴望踏花归来，而山河无恙

（选自中央电视台《青春诗会》，2020 年 4 月 24 日）

武汉，我是春天

谢春枝

武汉，我是春天
一直等你回来的春天
雨水又一次清洗了，残冬的阴霾
终于等到了，看见
你的城门，正慢慢地打开

你沉睡的时候
信使曾雪片似的飞来
燕子在邻家的海棠上筑好了新巢
梅花，茶花，一朵一朵，争先恐后地呼唤
桃花邀约了春风，为你点亮
黄鹤楼前的万家灯火

多少问候，已经守在你的城外
龟山、蛇山、珞珈山和喻家山，笼出薄雾般的轻纱
前庭后院，系满了紫藤和风铃草
每一次疼痛和颤栗，都牵动着五湖四海
听见了吗？你从来都不孤单
我在等你回来

武汉，我是春天

一直等你回来的春天
此刻，满城的杏花正飘过知音湖
飘过黄家湖，落满大街小巷和起义门古老的城墙
深山走出的含笑，敲打紧闭多时的窗格
柔白的纸鸢，安静地栖息在树杈上
那是驰援的天使们离别前留下的
等你亲手放飞

我知道，列车已经唤醒了铁轨
飞机打开了蓝天
公交连通了三镇
船帆愈合了湖面
樱花落了不要紧，鹦鹉洲的萋萋芳草
会让江南缭绕出丰沛的绿意
唐古拉山冰雪，正缓缓地消融
为你，两江平阔，浩荡出万里山河

城市环线绵延的月季长廊准备好了
磨山植物园起伏荡漾的郁金香准备好了
丝绒的花瓣里，盛满泪水和雨水
万紫千红的颜色，足够所有荆楚儿女
放慢脚步，一字字记录这个庚子年的开篇
每一个数据，每一场绝杀，每一粒微尘
武汉，我是春天
一直等你回来的春天

那些被隔离的祝福，也会无声地回来
祝福你，风雨涅槃

（选自中央电视台《青春诗会》，2020 年 4 月 8 日）